存在

叶亦健　著

海峡出版发行集团 | 福建人民出版社
THE STRAITS PUBLISHING & DISTRIBUTING GROUP | FUJIAN PEOPLE'S PUBLISHING HOUSE

图书在版编目（CIP）数据

存在 / 叶亦健著. -- 福州 : 福建人民出版社，
2025. 7. -- ISBN 978-7-211-09877-4

Ⅰ. I247.5

中国国家版本馆CIP数据核字第2025N1C674号

存在

CUNZAI

作　　者：叶亦健
责任编辑：满　艺
美术编辑：林　玲
责任校对：李雪莹
出版发行：福建人民出版社　　电　　话：0591-87604366（发行部）
网　　址：http://www.fjpph.com　　电子邮箱：fjpph7211@126.com
地　　址：福州市东水路76号　　邮　　编：350001
经　　销：福建新华发行（集团）有限责任公司
印　　刷：福州印团网印刷有限公司
地　　址：福州市仓山区建新镇十字亭路4号
开　　本：787毫米 × 1092毫米　1/32
印　　张：4.25
字　　数：49千字
版　　次：2025年7月第1版
印　　次：2025年7月第1次印刷
书　　号：ISBN 978-7-211-09877-4
定　　价：58.00元

序

变迁中的日常叙事

第一次读到《存在》，是在我从宁海回上海的高铁上。两个多小时的车程，我的思绪在叶亦健先生的文字世界和车窗外飞速掠过的城乡之间切换。五年多来，我一次次往返上海和宁海，《存在》的画面主场“来IN南”，可以看作是我在宁海和一批朋友们的情感驻地，或者是大家事业初心的一方驿站。因此，当叶亦健先生邀我作序时，一方面确实觉得有很多话要说，而另一方面，又觉得有些许沉重。

整部作品巧妙地以“小藤和小蔓”拟人化视角，讲述宁海棉纺厂的华丽转身，“小藤和小蔓”是见证者、叙事者。朴素平实、从容舒展的叙事方式，已然是叶亦健先生的写作风格，一切看似平凡的日常、平凡的工作、平凡的场景，却在时光流变中，指向一种宏大，即时代变迁和城市建设中的坚守与创新。在作者笔下，“小藤和小蔓”以平凡个体，为变迁中的人们报以热情的赞歌。

“来IN南”的前身是宁海棉纺厂。众所周知，改革开放前后相当长的一段时期内，棉纺是国计民生的重要支柱性产业。往昔的棉纺厂，活力四射，承载着几代人的青春和梦想，正如文中所写“我们目睹过老东家的辉煌时刻，每天路过身旁的都有几千号人”。后工业文明时代到来，一些传统产业黯然退场，一个时代远去，一片厂区渐渐沉寂。随着城市化进程不断演进，新的理念和模式随之升级迭代，工业遗产的价值在场景美学、创意经济的框架逻辑中得以彰显，沉睡已久的厂房、锈迹斑斑的设备、蒙上灰尘的物件…… 犹如往日信使从工业文明时代穿越到信息文明时代，机声隆隆的时代“切片”蕴含的情感和记忆，转化为活色生香的书店、餐厅、咖啡馆、展览馆…… 其中，全国联合毕业设计基地，我是亲历者。

我第一次到“来IN南”，看到“纺织路”路牌，得知这里是曾经的棉纺厂，顿觉亲切。中国纺织大学，或者更早的华东纺织工学院，说不定就有校友与眼前的这座工厂有所关联，甚至有校友在这里工作过。

这就是一所大学与一座城的约定，一代一代人来到这里，以不同的工作方式和工作内容留下印记。《存在》中讲了全国大学生来宁海做毕业设计的故事。全国联合毕业设计的发起，可追溯到2021年，我的团队在大佳何镇调研时，得到时任镇长叶亦健的大力支持。2023年全面发起全国联合毕业设计时，他帮我们在“来IN南”落下全国联合毕业设计驻地，于是有了《存在》中“6·20毕业设计”等内容的原型。

叶亦健先生实在有心，我一点不知道，他将这些都记录了下来，并升华为文学作品。其实，《存在》也可看作是一部工作纪实，比如书中写道：“任何时候，光凭一腔热血是很难做成事的，受制于外在和内在的种种因素影响，‘来IN南’文创园在工程建设、营销推介、项目招引等方面都或多或少有点减速、降温，尤其是一批本有意入园的客户因为店铺无法及时交付，而转投他处，原本的热情高涨也逐渐变得迟疑不决。”显然，从“来IN南”的破土动工，到业态繁荣，一路历程饱含着叶亦健先生对工作、对生活的热爱与激情。从棉纺厂到“来IN南”，变的是空间形态和场景内容，不变的是创新精神和对美好愿景的追求。

周国平先生曾说：“写作是与自己灵魂的交谈，借此把外在的生命经历转变成内在的心灵财富。”我想，叶亦健先生在孤独码字时，他的精神世界是何等丰盈——那些人、那些事，“来IN南”蜕变的点点滴滴，一幕幕都瞬间鲜活起来。我同时在想，“来IN南”对于身为城投集团董事长的他来说，应该也是一部绚丽多彩的作品。

写下这篇文字时，即将告别2024年。而2023年刚好在这个时刻，全国联合毕业设计的一群大学师生，在“来IN南”的城南书店，以“毕设青年·城南跨年”为主题，迎接2024年的到来，现场，叶亦健先生为大学毕业生们签名赠书。一年匆匆而过，叶亦健先生的新作《存在》即将出版，我送上深深的祝福，祝福叶亦健先生创作长青！

也愿我们在时岁更替中，一起构筑起精神的城池，以此，徜徉于绵长的岁月长河。

陈庆军

2024年12月31日

（东华大学教授、博士生导师，

全国联合毕业设计发起人）

目录

在很久很久以前，我们这种叫“藤蔓”的生物降临在了某座沿海城市的一个厂区内，没有人在意我们，更没有人亲近我们。

日复一日，年复一年，不知经历了多少个春夏秋冬，一张张熟悉的脸庞由远及近，又渐渐由近至远。

直到有一天，厂区再一次变得热闹起来……

接下来，就由我们给大家讲一讲这里发生的一切。

我们来了

“小蔓，小蔓，你快醒醒，快醒醒啊！来看看下面这些戴着白色帽子的人在干吗呢？咚咚咚，一个劲地敲，不会是要把这些房子都拆了吧？那我们就无家可归了。”

“小藤，怎么了？我们这是睡了多久啊？这

里已经好久好久没有人来了，今天怎么一下子这么热闹？不会是有新主人要来了吧？但他们为什么要拆房子呢？”小蔓被我叫醒了。

“我也不知道啊！我睡得正香，正做梦呢！就被这刺耳的榔头声吵醒了。”

“我也一直在睡梦中，直到你把我叫醒。我们也该醒了，不能再这样沉睡下去了，你看，春天已经来了。”小蔓似乎瞬间来了精神。

等到小蔓说完，我接着说道：“好的，那我们就起床吧，我们就用这甘甜的春雨洗洗脸，用这春天的芳香洗洗澡，然后再大口大口吸吮这久违的春天的味道吧！”

我俩同时揉了揉眼睛，伸了伸懒腰，抖了抖身上的叶子。

“‘来IN南’，line in now，这名字好听，太有范了。”双眼还有点朦胧的小蔓自言自语道。

“小蔓，你在念叨什么呀？来什么？什么南

的？”我一脸茫然地看着小蔓。

“哈哈，什么啦！你看看他们这些人戴的白色帽子上，是不是写着‘来IN南’，line in now？”小蔓一边说，一边指了指工人们所在的方向。

我顺着她指的方向，使劲地瞪大了眼睛：“我只认得来和南这两个字，那几个字母不认识，你教教我该怎么念来着？”

“‘来IN南’，line in now的谐音，应该是让大家都到南边来的意思吧！”小蔓答道。

“哇，小蔓，你真是太厉害了！”

我们是谁

在正式进入主题之前，我们俩有必要先自我介绍一下：

“大家好，我是小藤。”

“大家好，我是小蔓。”

我们是两株爬山虎，已经不记得谁先来谁后到，也不知道是怎么来到了这里。在这个人生地不熟的地方，我们没有朋友，只知道要想方设法站稳脚跟，把自己牢牢地贴在墙壁上，再一个劲地往上爬。

爬呀爬，爬呀爬，不知道爬了多久，从地面到墙面，从一楼到二楼，又从二楼到三楼，最后到了楼顶；我们又开始从东面爬到西面、北面爬到南面，但凡能够触及的地方，都成了我们的目标。

不管风有多猛，不管雨有多大，不管太阳有多晒，我俩前进的脚步从未停歇。

我们目睹过老东家的辉煌时刻，每天路过身旁的都有几千号人，厂区内设施一应俱全，食堂和宿舍肯定是不用说了，还有自办的棒冰厂、医院，员工可以用棒冰券兑换棒冰，有个头疼脑热什么的，也不用出厂区，马上就能得到医治。

全厂几千号人个个来去匆匆，很少有人驻足停留，更不会有人关注到我俩的存在。

很久以前的某一天，我们俩在屋顶不期而遇，并渐渐缠绕在了一起，以至于到后来相守相依、不离不弃。直到现在，我俩还清楚地记得第一次见面时的场景。

“喂，你叫什么名字呀？什么时候来的？为什么这么瘦小？”

“我也不知道我叫什么，也不记得什么时候到的这里，我平时吃得少。你的身材好魁梧啊！

你叫什么名字啊？”

“我也不知道我叫什么，可能是因为胃口好会吸收吧，所以显得胖了一点。我俩都不知道自己的名字，要不就自己起个名字吧？你的身材保养得这么好，我就叫你‘小蔓’吧！”

“好听，真好听，这名字我喜欢。那我就叫

你‘小藤’吧！”

“太棒了，那以后咱俩就是好朋友了，有福同享，有难同当。”我当时高兴极了。

“嗯，以后我再也不孤单了，可以经常和你聊聊天、谈谈心了。”小蔓说道。

自那以后，我俩的每一天都过得很充实。清晨我们趴在窗口看着大食堂里的人欢快地吃着白花花的大馒头；中午顺着树干溜到大树下乘凉，如果是下雨天，就钻到屋檐下避雨；晚上就在屋顶上看着满天繁星，枕着微风入眠。

沉　睡

老东家的辉煌时刻持续了好多年，厂区夜夜灯火通明，全国各地的宾客纷至沓来，运送原料和成品的车辆更是络绎不绝。

不知道从什么时候开始，路过我俩身边的人少了起来，行人的脚步也慢了许多。食堂里的欢声笑语也渐渐听不到了，与此同时，那家棒冰厂的机器也停止了运转。没多久，医院也关门了。

后来，听人议论，我俩所在的厂区原先是当地最大的一家国营厂。员工的优越感都很强，很多人以在这里上班为荣，由此可以想象当初这家企业的存在感和重要性。

我俩是这家企业辉煌时刻的见证者，也是旁观者。

又过了一段时间，厂区里来了很多大货车，把能搬走的都拉走了，只剩下满地狼藉。

自那以后，厂区那扇大铁门也被人用重重的链条锁了起来，不再有人进出，偶尔有人开了锁进来，也是来也匆匆去也匆匆，没人知道我俩的存在。

我俩所在的厂区地处县城的南门，随着城市往北扩张，住在南门的人少了，烟火气也就慢慢淡了，要想被关注更是难上加难了。

日复一日，年复一年，流走的是时光，不变的我俩，还有那几棵一直相伴我们左右的老樟树。

“小蔓，那几棵樟树应该比我们到得早吧？”

“那是当然，看他们的高度就知道了。”小蔓说道。

记 忆

这里曾经是这座城市的骄傲，是无数人的向往和追求，凝聚了几代人的记忆。

那个年代在这家企业上班的员工的幸福指数可想而知，如今他们回想起那段激情燃烧的岁月，仍激动不已。

推倒重来，意味着仅存的物体记忆都会被统统抹去；改造提升，在其中植入新的业态，要重塑辉煌，也同样面临巨大的挑战，有太多的不确定因素。

站在取舍、去留的十字路口，传承者左右为难。

放眼全国各地，关于工业厂区改造的成功案例有不少，又往往多见于自身体量大、城市能级高、有足够的人流和消费力支撑的地区。但是在一个小县城，人流有限，何况情怀终究不能带来直接效益，当几代人的记忆不复存在，那情怀也就没了用武之地。

这不光需要有情怀的干事人，还要具备城市保护开发的胸襟和较好的经营头脑。不能简单地涂粉抹面了事，而要放到整个城市中去谋划实施。

“小藤，你看，我们这又来人了，他们指指点点的，手里还拿着笔和纸，好像是在画什么！”小蔓惊喜地说道。

“哎呀，没什么好看的，都是走走过场的。”对这些，我有点不以为然。

“不不不，这次来的人不一样，你看那个戴眼镜的男的，看上去斯斯文文，好像很有想法，他旁边两个人对他说的似乎都很赞同，一个劲地点头，时不时还会开怀大笑。”小蔓还是想劝我一起看看。

“哦，是吗？难道他们真的看上了这里？那

这里是不是能恢复如初了？如果真是这样，那就太好了，小蔓，我们又有伴了，再也不用天天守着那几棵大樟树了。”我激动了起来。

小蔓说道：“嗯，我也是这么觉得，小藤，那你觉得我们这里适合做什么呢？他们又能带给我们什么样的惊喜呢？”

还没等我好好思考小蔓的提问，这好戏就慢慢拉开了序幕。

清　场

“咣，咣”，那扇用大铁链锁上的大门再一次被打开。

紧接着，厂区内一下子就涌进了很多人，个个头顶白色头盔，手上是清一色的白手套，有拿铁锹的，有拿锄头的，还有开翻斗车的，铲车也开进了场，这阵势看上去是要大干一场。

原本空地上最多的就是齐人腰高的杂草，可以看出这里已经荒凉好多年了。

锅炉房早已是炉去楼空，四面被浓烟熏黑的墙壁上已长满青苔，但丝毫不影响这房子本身的坚固，块块砖石条纹依旧清晰可见，久经风霜，更是增添了几分厚重感。在艺术家眼里，它是一件有生命的艺术品，看似贫乏实则丰满，只是等待有人去发掘。

要说在这大院子里，最不协调的就是那一排用作仓库而临时搭建的钢棚，它的存在，让我俩很不爽。钢棚阻断了我俩往外生长的道路，原本想继续翻越围墙，绕场一周，可是钢棚冬天的冰冷和夏天的灼热，让我们打消了念头。

钢棚紧贴着东边的围墙，又紧挨着南边的楼道，占地面积还不小，把空旷的院子变得十分局促。有一天开进来了一辆挖掘机，只见那大爪子没几下，就将这碍眼又碍事的钢棚夷为平地了。

"小蔓、小蔓，这碍眼的玩意终于没了，哇哦，阳光好舒适啊！"

小蔓也是受益者，同样很开心："对啊，这下好了，咱俩又可以出去游玩了，我们要走遍这个院子的角角落落。"

"好的，我们这就出发吧！"

重　生

又下雨了，不大，毛毛雨，滴落在身上真舒服。

这雨断断续续下了一宿，我俩都睡得特别沉。以前大钢棚在的时候，一下雨，都是“咚咚咚”锣鼓般的声音，吵得我俩根本睡不着。现在没有了钢棚，雨声又变回了“滴答”声，听上去是那么柔和，就像是一首催眠曲。

因为下雨的缘故，工人们暂时停止了施工，挖掘机和翻斗车也消停了，整个院子都显得特别清静。

原先棒冰厂的小楼，也被重新赋予了使命。在一楼的小房间，几天前工人们就开始往里面搬进了几张桌子和好多把椅子，还有一台大电视机。尽管是下雨天，还是不时会有戴白色头盔的人进进出出。频频露脸的两男一女，清一色戴着眼镜，手里永远拿着图纸。墙上贴着计划表，分一、二期实施。看着他们忙碌的样子，可见时间十分紧迫。

“小藤，你听说了吗？我们现在所在的厂区将会改造成互联网文创园，这里将是互联网小伙伴的集聚地，也将是这座城市的网红打卡地，还将是南文化的首发地。”

“是的，我听说大食堂将被改造为书吧和茶室，锅炉房变为画廊，医院那幢楼将引入多种时下年轻人比较喜欢的业态。”我把自己听到的和盘托出。

接着，我又说道：“那个棒冰厂也会重启，还会建一条绕厂一圈的健身跑道，各种业态的主理人还会根据不同时节，推出各种主题趴。相信以后一定会惊喜不断，到时候这里肯定会变得特别热闹，想想就让人十分期待。”

房子还是这房子，老树犹在，却一下子有了青春的气息。

新　生

那几幢房子的改造时做时停，好像有些方案也是边做边改。

“小蔓，这一天天东敲西砸，我的耳朵都快被震聋了，这里的改造已经有个把月了吧？也不知道还要搞多久。”

“应该快了吧！你没看到那几个戴眼镜的也是没日没夜地扎在这里吗？可以看出他们也很着急，应该都是在快马加鞭地赶工呢！”小蔓答道。

“但愿真的如你所说。”我说道。

“别这么不开心，一定还有很多好玩、有趣的事物在等着我们呢！”接着，小蔓又说道，“小藤，你看到大门口正在搭的铁架子了吗？是

SANY

用钢板焊接上去的，造型非常独特。”

被她这么一说，我一下子来了兴趣：“在哪里，在哪里？让我看看，我怎么没发现，是不是被大门口的几棵大树挡住了？原先的房子都是用水泥、沙子和红砖垒砌而成，现在理念不一样了，似乎都喜欢用这钢板来堆积木。”

“对啊，所以说我俩已经OUT了，还是老思维，要知道现在的年轻人玩的就是一个新意，不怕你做不到，只怕你想不到。”

我斩钉截铁地说道：“呵呵，不管那个奇形怪状的是什么，我到时候都要爬过去，一探究竟。”

“再高点，再高点，往左边过去一点，再过去一点，好好好，慢点，慢点。”站在地面的现场指挥人员拿着一个扩音喇叭正对着吊车司机大喊。

“铛，铛，铛……”这刺耳的声音再一次打断了我俩的对话。

创意

“小蔓，他们这么忙碌，会给这里带来什么变化呢？房子的框架还在，外观也没变，感觉也很难再变出什么花样来啊！”

“这个我怎么知道，你要去问那三个戴眼镜的。我倒觉得现在这样挺好的，如果都拆完了，那我俩也玩完了。这里本来就曾经是地方工业的标杆，是时代的记忆，后人也不应该这么轻易地将它们抹去。”

借着她的话题，我似懂非懂地说：“但是，这老房子原有的格局都已经过时了，要不然也不会搭那些大铁块了。我也知道老房子有味道，可是现在的年轻人也不一定喜欢啊！总不能把20世纪80年代初的老部件都搬回来吧？”

“我觉得未尝不可，比如找个地方专门弄个

记忆馆，把记录当年工厂车间生产场景的老照片统统挂上墙，再把当年的生产设备和产品找来放到里面展览。以后这里就作为到此园区参观的第一站。”

听了小蔓说的，我说道：“这个主意不错，而且很有意义。但也不能光是让人找回忆呀！是不是还可以导入一些时下年轻人喜欢的非主流业态。老壶装新酒，老马配新鞍，‘新’才是王道。”

“这些肯定用不着我俩担心，他们文化程度高、见的世面多，想法和创意也多，一定会给我们惊喜的！”小蔓说道。

“那倒也是，这样看，我们俩好多余。”我有些失落。

“也不能这么说，我们藤蔓一直是人类造园中常用的植物材料，你要知道如今可用于园林绿化的面积越来越小，就需要充分利用攀缘植物来进行垂直绿化，这是拓展绿化空间、增加城市绿量、提高整体绿化水平、改善生态环境的重要途径。在每一次缠绕中，我们所体现出的生命的力量、坚持与韧性也是他们需要学习的。”

人尽其才，物尽其责，赋予这些闲置的房子新的使命、新的担当、新的作为，对于每一位主理人而言，绝对是全新的挑战。

探　密

来这里干什么？这里适合发呆，一人一本书、一杯咖啡或是一杯茶，可以在这里坐上一天；也可以三五好友开怀畅饮，玩玩小游戏；可以和画廊的主理人聊聊创作灵感，聊聊作品背后的故事，也可以聊聊他或她的艺术人生……

听说这里以后还会有一家机车俱乐部，那些平时难得一见的车型，你都可以在这里大饱眼福。还会有一家脱口秀的小剧场。

逛累了，可以先找个地方坐一坐。喝茶，还是喝咖啡？我俩建议您去园区的茶空间，尝一尝当地的绿茶，要知道这儿的望海茶、望府茶，早已名声在外。

单看小姑娘泡茶熟练的手法就是一种享受。

冲泡望海茶是有讲究的：一是泡茶前烫杯。沏茶时，最好先倒半杯开水。二是茶与水的比例要大致掌握在1：50，即150毫升的水用3克的干茶。三是茶叶可根据口味加减，如喜喝浓茶加二分之一，喜喝淡茶加三分之一。四是水温约80度时加水，从盖碗的侧壁加水，既不会烫坏茶叶，又可使茶叶旋转灵动，利于出香。待水加满盖几秒钟，开盖搅动三下，倒入公道杯。

书 吧

有一天，我俩不知不觉就爬到了正中间那栋楼，有一扇窗还没有装上玻璃，我们便探着脑袋往里看了看，发现里面已经发生了翻天覆地的变化。

“小藤，你觉得怎么样？是不是很惊讶呀？这么普通不过的房子，也能改造得这么有艺术范，这些人绝对是用心用情在做事啊！”小蔓说道。

“是啊，这些人真的是厉害，确实是花了不少心思。这里这么多书，应该是个书吧。”

这个书吧原先是工厂的大食堂，是一栋单层建筑，屋顶很高，现在的布局已经完全不一样了。单层变成了双层，正大门也变小了，高度略有降低，窗户的数量也变少了。

正中间是新铺设的实木台阶，设计十分大

商业趋势
城南书山

气，在偌大的室内空间里，特别显眼，共有29个台阶。

“小蔓，我觉得这书吧和我们爬山虎很像，都能不断伸展，到处播撒种子。”

小蔓点点头，表示赞同：“你比喻得真好，谁说不是呢？这些一天到晚忙忙碌碌的年轻人，不仅把这些老房子带活了，还搬来了这么大的一个书吧，几万册的书籍往这一放，必然会吸引成千上万的书友从四面八方来到这看书、淘书、品书。”

这就是书吧的存在价值，这就是知识的魅力所在。

146

在最西面的围墙边，有一栋和大食堂差不多高的房子，十分不起眼。它的前半生，进到里面的人就不多，应该说一般人也不会进去，除了烧锅炉的，这房子还有自己的专属通道，是用来运煤的。

穿过书吧，首先映入眼帘的就是这栋房子，听说也有了很大的变化，从外观上看，它全身已被藤蔓覆盖，里面也已经改造得大不一样了——它的后半生一定会精彩纷呈。它也有了一个新名字：146艺术空间。

改造之前的锅炉房和大食堂一样，差不多两层楼的高度，四周黑乎乎的墙壁证明了它过去的“成就”。

“小藤，146艺术空间在布展了，听说这次

是几个女画师自己组织策展的，都是她们的最新力作。直接面对正门的那个雕塑作品是母子俩共同完成的。”小蔓跟我打招呼。

“是吗？146怎么这么耳熟？哦，我想起来了，我们这里就是纺织路146号，这个好，这个好！哈哈哈……”

“是的，146就是因门牌号而来的。这艺术展我们一定要多听多看，时间一长，自然而然就懂得欣赏了。”

“太好了，希望这里的画展就跟这墙外的藤蔓一样生机勃勃、生生不息，也期待有更多更好的作品能到这里来展览。”我开心地说。

机会总是留给有准备的人，谁能想当年的锅炉房会被这群有想法、有创意、有朝气的人改造成画廊呢？

5·20来嬉

忙活了这么久，终于到了揭开神秘面纱的时刻。

这是当地首个由旧厂房改造而成的文创园，这是当地城投首次涉足文创产业和园区运营，这里有着许许多多的期待。

原本计划赶在劳动节前开张试运营，可是计划永远赶不上变化，突如其来的小意外令热火朝天的工地突然被叫停，所有人都没了心情。还好是有惊无险，终于告一段落，一切又恢复正常。

“小蔓，你有没有发现，这几天西门城楼又开始热闹起来了，每年这个时候应该是要搞开游节了吧？”

小蔓答道："可不是嘛！前段时间，来自世界各地的几千号人在这里跑越野挑战赛，后来又搞了欢乐古道跑，这活动是一个接一个。我们院子里这些人日夜赶工，是不是想在开游节开张？"

我又说："5月19日，的确很有意义。400多年前，徐霞客就是从这里开始了长达20余年的伟大游历。但我听他们说想在5月20日开张，一是不和开游节的活动冲突，二是吸引年轻群体的关注。"

“对哦，5月20日是个好日子，不但和开游节没冲突，说不定还能给今年的开游节加持一下。而且这日子好记，如果园区以后每年都在这个时候搞个周年庆，那一定是人山人海。”小蔓兴奋地说道。

直　击

5月20日这一天，从上午8点开始，就陆陆续续有人入场。到了上午10点，园区内人头攒动。

某咖啡店的主理人没预估到当天的现场会这么火爆，光冰块就从外面拉了4次。

机车俱乐部的主理人也来了，他说不敢在自己的圈子里发消息，要不然这里的场地都不够停摩托车。他带来了300斤小龙虾，无偿提供给光顾展位的来宾。

那几棵大樟树也没被“忘记”，树下搭起了原生态的小木屋，树干上还挂着绳索，有专业人士指导小朋友“上”树，掌握了技巧，双手不需要怎么用力，就能轻轻松松爬上去。

乐队的表演被安排在了下午，共邀请了6支

乐队。刚开场时，互动的人没几个，可能都不太好意思。到了晚上，天一黑，灯一亮，和白天的情况截然不同了，大家都想方设法地往场地中间挤，就连身高不够的小朋友也坐到了父亲的肩膀上，随着现场动感十足的音乐摇头晃脑。

女画家策展的146艺术空间同样不缺人气，展出的作品均源于生活，有孩子对学习压力的宣泄、有一家三口日常生活点滴，还有场馆工作人员的身影，显然，生活中从来不缺少创作素材，

而是缺少发现美的眼睛和创作的灵感。

“小蔓，你觉得今天这个活动怎么样？是不是很有意思？”我兴奋地问道。

“那是当然，大家忙了这么久，园区也渐渐有了感觉。有意思的还有很多，好看好玩好吃的也有很多。来来往往，熙熙攘攘。那些身着圆领白T和深蓝Polo衫工作服的园区小伙伴们都特别忙碌，我觉得他们才是今天活动中最靓丽的那道风景线。”小蔓回应道。

复 盘

“5·20来嬉”是文创园的首个主题开放日活动，园区的小伙伴们也是第一次磨合。全新的团队，全新的环境，全新的合作，他们在活动结束次日就对前一天的活动进行了复盘，每个人就自己参与的全过程及思考进行了充分的交流。

有人说：时间虽赶，活动却很丰富，来的人也很多，总体上来说是井然有序的。工作人员很投入，互动的嘉宾也很尽兴。

有人说：大食堂改造的城南书山，应该是园区中单个项目体量最大的，独具匠心的文创产品十分吸睛。但由于时间仓促，仍然有较多货架空置。

有人说：由锅炉房改造而来的146艺术空间，黑墙刷白后，美中不足的是少了一些温馨提

示，比如“请勿触碰”等。现场最好有专人讲解，帮助观赏者加深对作品的理解。

“小蔓，我觉得吧，第一次组织活动，难免有不尽如人意的地方，但总体来说应该还是顺利、圆满的。”

“是的，我也这么认为，只可惜人算不如天算，原本今天还有活动安排来着，却因为受下雨影响，场地未能及时整理，不得不取消了，他们也是第一时间告知了大家，做得还是挺到位的。”小蔓说道。

“我相信他们一定能战胜困难，令园区精彩不断！”我信心满满地说道。

兴　起

6点刚过，晨练的人便多了起来，男女老少，有说有笑。

小蔓总是起得比我早，“小藤，快起来，那些老爷爷老奶奶们都已经在霞客体育公园锻炼身体了！”

睡意正浓的我被突然叫醒，略有不悦：“小蔓，你这是干吗，自己不睡觉，也不让我睡。的确，自从有了霞客体育公园，这附近一带的人起得是越来越早了，可是这与我们又有什么关系呢？”

距离“来IN南”文创园200米开外，在它的西北方向，建了一个占地80亩的霞客体育公园，大众类的运动项目场地这里一应俱全。

这个体育公园带动了南门的第一波热潮。

特别是到了晚上，原本就不宽敞的双向两车道，还要被卖仙草糊、木莲冻的摊贩们占据一地，过往的车主们叫苦不迭。

小蔓并没有因为我的不耐烦而不开心，接着说道："这人一多，城南也渐渐热闹起来了。恢复往日繁华，看来是指日可待了。"

"那是当然，现在又有了咱们这个文创园，速度会更快！"我说道。

"是的，文创园将南门重新带回到大家的视野中。这群年轻人捣鼓着一些时下年轻人感兴趣的事，抒写情怀的同时，也赋予了这个承载几代人记忆的地方新的生命。"小蔓有些激动。

"复兴之路一定不会轻松，但只要努力下去，兴起是早晚的事！"我也激动了起来。

6·20毕业设计

时间刚刚过去一个月，“5·20来嬉”的余温似乎还在。连日来，还有不少新闻媒体在陆陆续续报道“来IN南”的首个主题日活动，多是讲述老棉纺厂是如何摇身一变成为青年社区，又为何那么受欢迎的。

6月20日，全国联合毕业设计答辩会在“来IN南”拉开了帷幕，来自全国67所高校的400多名师生欢聚于此。

“这么有意义的活动，会场设在这里，我们园区可真是了不起！”我对小蔓说道。

“听说他们将宁海西店镇作为主阵地，走进社区、乡村、街道、车间，围绕五大主题撰写了100多篇毕业论文，设计了200多个方案。这些设

L
来IN南
N
海
设
之
城
in闻茶空间
毕设之城
GRADUATION DESIGN CITY
中国
宁海

计方案有可能在答辩时即获产业导师认可从而直接达成合作协议投入生产。”小蔓将她听到的都说了出来。

“这样看来，‘来IN南’和这个活动还是很契合的，‘来IN南’文创园本身就是一个作品，无论是外观，还是内部改造，大到一栋楼，小到一块砖，都凝聚着设计师们的心血。”我说道。

“在这么有意义的一个地方，让来自全国各地的未来的设计师们齐聚一堂，真是一大盛事。以后每年的6月20日，说不定设计师们都会不约而同来此相聚，这个毕业设计的殿堂，会让大家以到此答辩、设展为傲。”小蔓的每一句话都充满了力量。

小卖部

在“来IN南”的东面，开着一家小卖部，地方不大，就一个门卫室大小，卖的都是日常所需的生活品，上门光顾的以周边小区的居民为主。

受线上经济的冲击，小卖部的生意并不是很好。

倒是经营小卖部的老麻心态好，挣多挣少都是平常心。他在这一片工作生活了40多年，见证了棉纺厂的兴衰。

老麻起初并不是经营小卖部的，建厂初期他是保卫科科长，直到棉纺厂被上市公司并购，因为各种原因，他下岗了。由于他的家已经安在了这个老小区，左邻右舍都是老同事，也习惯了这里的一切，他就干脆把闲置已久的宿舍门卫室整理了出来，经厂里允许，开了这家小卖部。

刚开张的几年小卖部的生意还是不错的，那时在工厂上班的工人多，老麻的人缘又好，还是个热心肠，谁家有个什么事，都会找他帮忙，所以工友们都会比较关照他的小生意。

早上到小卖部的工人以买牛奶和面包的居多，他们都是一边走，一边啃面包；夜班下班的工人则多是买方便面和火腿肠，急着买回宿舍当夜宵，有些人还会带上一包榨菜。偶尔也有小年轻来买烟，老麻便会劝说：“年纪轻轻少抽烟，对身体不好。”而他自己却是个老烟枪。

闷

渐渐地，“来IN南”有了名气，来的人也渐渐多了起来。可因为没有全部完工，设施不到位，场内非常闷热。

6月20日的那次活动，本想节约经费，租用大功率的排气扇，但效果远低于预期，不得已，前一天晚上临时租借了12台的立式空调。次日一早，12台一起作业，才勉强撑起了下午的活动。怎奈场地实在太过空阔，场内的人员仍是汗流浃背。

活动一过，空调马上就被拉走了。后面来这里的客人，热得一秒钟都不想待。茶空间的那几个小姑娘倒也活络，适时推出了凉茶系列，很是招揽客人。

这几天的天气预报都说会下雨，可不但不下

雨，还天天艳阳高照。

一直到了几天后的下午，雷声大作，突降暴雨，脚手架上的工人们都吓得慌里慌张地躲到了屋内。

正站在后车斗上下钢筋的大货车司机也被这

突如其来的大雨逼回了驾驶室。他顺手拨了一下雨刮器，看样子这雨一时半会是不会停了。

看着时而模糊又时而清晰的车玻璃，司机无奈地摇了摇头，从副驾驶座放满过路费发票的储物盒里翻出一包香烟，这是一包尚未拆封的香烟，平时忙于跑车，他一天都抽不上几口。这会有了时间，他先是撕了烟盒上的那根塑封条，再撕出一个口子，抽出了一支……

“小蔓，终于下雨了，这一天天的大太阳，热死我了，你看我的皮肤都没了水分，干巴巴的。今天这场雨下过后，晚上应该可以凉快一些了吧！”我看着小蔓说道。

小蔓抖了抖身子，大口大口地吸吮着新鲜的雨水：“可不是嘛！你看看我，都快被晒掉一层皮了，真是一场及时雨啊！”

招　商

招商需要热度，在两场活动的带动下，主动找上门的商家络绎不绝，招商变成了选商，但事实证明匹配度仍不够。要先看适合不适合，再看品质好不好，最后还要看后劲足不足。

5·20效应红了一阵，6·20又热了一波，可总感觉热度不够持久。如果说爱情和婚姻需要保鲜，那招商也应该是如此。

那么，定位是什么？招什么样的商？门槛又是怎么样的？后续又应该如何扶持、助推？这些都是需要一开始就定调的。

招互联网相关的产业，出发点是好的，那政策怎么出？要有极强的可操性，并不是一锤子买卖，还需要久久为功。

搞直播的来了，拍婚纱照的来了，开健身房

的来了，还有不少想开个人工作室的。而文创园容量有限，所以需要根据自身的风格进行筛选。

招商不是要嘴皮子，光靠满满的诚意是不够的，还要有好的营销策划文案，前期还需要平台和流量。这是一个互联网的时代，一定要用上互联网的手段去营销自己。

在那个原先的棒冰厂，招商团队克服困难，几张桌子一拼，几条凳子一放，条件是简陋了些，好在大家心往一处想，劲往一处使。但当务之急，还是要找个像样一点的洽谈室。

旧貌换新颜

炎炎夏日慢慢退下，阵阵秋意袭来，沿街的两栋房子也开始拆除脚手架，重新安装上去的玻璃窗给这斑驳的老房子又增添了几分生命力。

园区又新建了3栋房子，这3栋房子面积各不相同，造型也是因地制宜，各具特色。设计师充分考虑了“来IN南”的业态定位，也符合时下年轻人的审美，当然这里面下一步的业态导入也是大家较为关心的一个问题。

整个园区的改造都在朝着既定的方向推进，虽然比原计划稍稍晚了几个月。

虽然意外总是不期而至，但所有人都在努力，坚守初心，铆足了劲要把这件事做好做实。

原先谈好的商家有的因为改造未达预期而放弃了入驻，有的因为业态和园区的定位不符而不

得不退出，有的因为投资人发生变化而减少了租用面积……

这些事情的发生既无法左右，也难以预料，但大家没有气馁，仍然是想方设法找出路，苦干、实干、巧干，另辟蹊径。

“小蔓，大热天总算快过去了，这秋风吹着就是舒服，你看那些工人干活也特别有劲，之前那些个大铁柱，我每次碰到都会被烫掉一层皮，可工人们戴上手套就开干。”

我的遭遇并没有博得小蔓的同情，她说道：“谁让你到处乱跑，大热天的还非要往铁架子上钻，就不能等到半夜凉快一点的时候去兜风吗？你这是自找的，而这些工人们是没有办法，他们为了赶工期，不得不顶烈日、冒酷暑。”

“好吧，你说得没错。”我被小蔓怼得哑口无言。

“他们这么投入、这么卖力，相信今天的付出和汗水肯定能浇灌出明日的幸福之花，我们的园区一定会一天比一天漂亮，让我们耐心等待吧！”小蔓又说道。

谋定而后动

任何时候，光凭一腔热血是很难做成事的，受制于外在和内在的种种因素，“来IN南”文创园在工程建设、营销推介、项目招引等方面都或多或少有点减速、降温，尤其是一批本有意入园的商户因为店铺无法及时交付，而转投他处，原本的热情高涨也逐渐变为迟疑不决。

市场瞬息万变，不变的是招商团队的执着，他们始终保持与意向商家们的日常沟通，一如既往地秉持真诚、务实的态度。

有人走，自然也会有人来，特别是不少看中文创园周边都是住宅区的商家，想提前布置一些和生活息息相关的业态。

这段日子，招商团队的小伙伴们连轴转，在观望的贴上去，找上门的迎上去，转投他处的追

上去，用百分百的真诚和实打实的行动去打好基础、做好铺垫。但苦于经验不足、人数少，很快便遇到了瓶颈期。

在人员力量不足、局面很难打开的时候，上级部门审时度势，第一时间找来了一支有着多年实战经验的队伍。两个团队开始磨合，就新一轮的招商集思广益，把脉新定位，研判大环境。

“小蔓，这段时间来的人好像很少，这项目不会凉凉了吧？”我开始有点担忧。

“应该不会，你没听到那些小年轻在说吗？现在各方都非常重视这个项目，我想办法一定会比问题多的！”小蔓却振振有词。

共　享

“小蔓，我最近在思考一个问题，不知道方向对不对，你帮我参谋一下。”

“你说吧，在思考什么大问题？”

“你看，我们这个文创园是一个由若干个体组成的整体，这些个体看上去是相对独立的，而实际上又是相互依赖，各取所需。”

“对啊，那是肯定的。咖啡馆、艺术馆、书吧，它们都是相得益彰。”

“这几天我就是在想如何做好资源共享的问题，让主理人都能坐到一起，大家的目标是一致的，就是要想办法把‘来IN南’做活了，所有人都要同向而行，不可各自为政、自扫门前雪。”

“这点你放心，你能想到的，那些小伙伴们早就想到了，他们虽然年轻，但见过的世面，绝

方孝孺
國家登山
健身道
人生

对比我们多了去了，我们就静观其变吧！”

“我想这个园区不光他们在共享，我们也在共享。你听见那天有人指着我们，说我们很有年代感，一定要保护好吗？如果可以的话，其他几栋房子也可以种一些藤蔓，假以时日，都是靓丽的风景。”

“是的，论资格，我们和这些房子一样，都是‘来IN南’的老人了，现在又见证了厂区的新生。虽然不起眼，但我们也有生命，也能给这个文创园添彩！”

包子铺

“哇，好香啊，这是从哪里飘来的香味，小蔓，你快醒醒，快闻闻。”我刚从睡梦中苏醒，呼喊着小蔓。

“哎呀！人家刚好梦见香喷喷的包子出笼，正张口要吃，就被你叫醒了。”小蔓是满脸的不开心，但不一会儿她就闻到了香味，又兴奋地说，“咦，你还别说，是真的哎，和我梦里的包子香味一模一样。我们快找找，这香味是从哪里飘来的？”

我和小蔓看到园区大门口聚集着很多人，大多是街坊邻居。

“哦，我知道了，前几天我还听到那些小年轻们在议论，说是海明餐厅马上要试营业了，早餐主打的就是包子、馒头，那个位置应该就是包

爱国敬业 诚信友善

子铺。”小蔓忽然想了起来。

“小藤，你记得吗？以前，咱们厂里有两样美食在当地是出了名的，一个是自己棒冰厂生产的棒冰，还有一个就是食堂的馒头。”

“我当然记得，那个时候，可以选择的东西不多，能吃上棒冰和馒头都是极其幸福的事了。”

“小蔓，你看，那个阿公又回来买了，应该是觉得好吃。”

“可不是嘛！闻着就好吃。”

我俩趴在包子铺的窗台上，看着戴着口罩的服务员忙碌的身影，看着热腾腾的包子、馒头，看着来来往往的人群……

爱心早餐

家住城北的王女士带着老公和儿子特意赶来了，说是来找找儿时的记忆，不知道这馒头还是不是当年的那个味道。

包子店试营业，这几天还可以免费试吃。大家闻讯而来，多是打包带走的，也有个别担心冷了味道不好的，接过包子就直接站在铺子前塞入口中了："嗯、嗯、嗯，好吃！"

"希望大家多提宝贵意见，帮助我们不断改进。"说这话的是海明餐厅的负责人，他曾经是当地一家五星级酒店的总经理。

"免费试吃，这可真是爱心早餐啊！味道确实不错，很地道。"

"是的，是的，我觉得味道是挺好的，而且

种类丰富。不错，不错，小伙子，我们再也不用为早餐吃什么发愁了，要谢谢你呀！”

“阿叔，您客气了，欢迎大家常来，再过几天，我们楼上的餐厅也要开业了，都是一些物美价廉的家常菜，到时候也欢迎大家来体验。”小伙子不忘给二楼的中餐厅也打了个广告。

听说中餐厅马上要开业了，我高兴不已：“小蔓，你听到了吗？二楼的餐厅马上就要开业

了，到时候我们园区肯定更热闹了。”

“是呀！园区的业态越来越丰富了，吸引来的人也一定是越来越多了！”小蔓说道。

试 吃

燃气接通了，中央空调也调试好了，餐厅的桌椅和锅碗瓢盆都一应俱全了，厨师和服务员也各就各位了，就等着开张了。

时间是抢出来的，在正式营业前，试吃也是一个必要的环节。众口难调，要把餐厅经营好并不是一件容易的事。

餐厅的面积不大，最多可以容纳80个人同时就餐，应邀来试吃的客人已经排起了长队。餐台上的菜肴冒着热气，有蒸的，有炒的，十分诱人。

试吃的客人中既有棉纺厂的老员工代表，又有周边小区的住户代表，也有在园区的员工代表，还有来参加跨年活动的高校学生，相关部门的领导也闻讯赶来了，他们非常关心这一带的社区食堂建设。

人手一个餐盘，大家按照喜好，挑选菜品，吃多少拿多少。

我好生羡慕，不免感慨道：“小蔓，那么多好吃的菜，你看他们个个笑得那么开心，吃得津津有味，而我俩只能饱饱眼福、闻闻香气。”

“可不是嘛！听说今天还是免费试吃，不知道正式营业后，是不是和一楼的包子铺一样物美

价廉。”紧接着，小蔓又继续说道，“听说因为我们这个园区刚刚起步，观望的多，真金白银投入的少，这家企业及时出手，这才解了燃眉之急。”

“是真的吗？那真是太有担当了！我们园区的主导者也是功不可没啊！他们接手的时间并不长，能在这么短的时间内拿出方案并实质性地启动改造，实属不易。他们既有担当，又重实干，令人钦佩！”

加速度

园区的建设仍在有条不紊地推进，但由于部分工程的一再拖延，关注度急剧下降。党群服务中心是园区的门面，已经进入最后调试阶段，必须在元旦这天开放，大家都铆足了劲，开足了马力。

因为是假期，到146艺术空间的人比平时多了不少，有同学结伴而来的，有家长带着孩子来的，也有美术班的老师组织学生来现场教学的。

咖啡馆的人气还是很高，很多小姑娘不停地找位置、找角度，摆造型拍照打卡；服务员更是忙得不亦乐乎，送水、上餐、收拾、擦桌、翻台，很少有休息的时间。

纺织路上的车子已经停不下了，看来这停车是以后需要重点解决的问题。

“小蔓，这黑不溜秋的是什么呀？还不太好闻。”

“你没听他们说是沥青吗，这地面铺上一层沥青后，干净整洁了许多，你不觉得吗？”

“但就是这味道我有点受不了。”

“铺路面的工人才是和沥青直接接触的，为了赶工，他们真是很辛苦呢！”

迎　新

“小藤，今天咱们园区怎么弄得这么干净，我看这刚铺好的沥青地面都已经冲洗好几遍了，是不是有领导来视察工作啊？”一大早，小蔓突然问我。

我有点没回过神：“是吗？你观察得真仔细，有领导来也很正常。这几天不是每天都有中巴车过来吗？每回都有专门的工作人员给车上下来的人介绍这介绍那。”

小蔓接着又说：“现在园区样子有点出来了，餐厅、咖啡馆、书吧，还有接下去要开放的机车俱乐部、脱口秀小剧场，是到了向外界展示的时候了。”

“我觉得吧，我们园区还是应该多搞搞活动，让更多人知道这个园区，也让更多人参与进来。就像5月20日的那场活动，一下子来了那么多俊男靓女，就像是个狂欢节。当时的硬件条件还没有现在好，如果现在搞起活动来肯定更有范！”我一边畅想一边说道。

“小藤，你说得太对了，这不马上就到圣诞节和元旦了吗？不知道这些小伙伴们会搞点什么新鲜玩意儿来热闹热闹。”小蔓抖了抖身子。

这时，我俩听见了一位来访者说道：“这园区已经粗具规模了，我看那家咖啡店的门口连圣诞树都已经摆出来了，你们有没有考虑过搞点跨年活动呀？”

小伙伴们听了之后，一下子激动起来，个个争先恐后地发言。

“我们已经想过了，到时候和咖啡店一起搞跨年活动。”

“活动已经在策划了，那些参加2024年度毕业设计的大学生们也要来这里搞跨年活动，筹备

米

组已经过来打前阵了。”

“我们互联网协会的小伙伴们早就跃跃欲试了，就等着园区搞活动，他们可以开直播、拍短视频。”

这位来访者高兴地说道：“你们年纪轻就是不一样，思路超前、想法活跃，到时候只要我有时间，一定来和大家一起跨年。”

“小蔓，我好像经常见到这位领导来园区指导工作，他每次过来，小伙伴们都是士气高涨。”

“是的，看得出他非常关心园区的建设呢！”

圣诞节

咖啡店门口的那棵圣诞树已经亮了好几天了，那几晚的生意好得有点夸张，不但沿街的道路两侧停满了车，还不时会有人从缓速行驶中的车子上跳下来，跑进去看看有没有空位子。

圣诞树旁边还放了一个造雪机，这可忙坏了一群小姑娘，她们跑进跑出，不断地摆造型、拍照，不满意就继续拍，一直拍到满意为止。

“小蔓，你看那些小姑娘，天气这么冷，穿那么少，跑进跑出的，太容易感冒了。”

“爱美之心人皆有之，只能怪这圣诞树加上这雪景太有氛围感了。”

平安夜和圣诞节的晚上，咖啡店的位子都是很早就被预订了的，有最低的人均消费。那些没订到位子的，不甘心又跑来看，也都是无

功而返。

“帅哥，请问您有预订吗？”

“没有。”

“那不好意思，今天晚上的位子都被订走了。”

“美女，请问您是找人还是找位子？”

“我没订过位子，不知道有没有空出来的？”

“那不好意思，空着的位子都是预留的。”

本来就已经忙得脚不沾地的店员还要招呼这些来碰运气的帅哥美女们。

“我是真想不明白，为什么会有这么多人来捧场？不打折，还有最低消费……”我说道。

“这你就不知道了吧，听说我们园区的这家咖啡馆在朋友圈、抖音、小红书上的出镜率很高，很多人就是冲着它个性化的装修风格来的。当然，现在的人对饮食的要求也是越来越高了，店家为了吸引回头客，肯定也是花了不少心思。”小蔓满脸的自信。

跨　年

有了刚刚过去的平安夜和圣诞节的经验，咖啡馆的店主马不停蹄地赶到苏州采购了一批新的桌椅和餐具，以迎接马上到来的跨年夜。

这样一来，原先的场地就不够大了，店家只能把园区东面小广场的空地租了下来。这一下子，多出了四五张桌子。

相比平安夜、圣诞节，元旦新年的小长假可以让人玩得更尽兴。

店家也是下足了功夫，一次性购置了几万块的烟花爆竹，也早早打出了“和你心中的她（他）一起跨年，一起来看一场烟花雨”的宣传广告。

跨年夜的线上预订活动仅仅推出一个小时就被抢购一空。这一次，店主、店员齐上阵，忙里又忙外。

书吧里也在搞跨年活动，都是来自国内多所高校参加2024年毕业设计活动的大学生，筹备组精心策划了形式多样、内容丰富的“毕设青年跨

年夜”。最激动人心并将活动推向高潮的还是宁海和上海两地的师生连线，师生通过这一专属时刻互赠祝福，拉近了彼此的距离。

不知不觉新年钟声即将敲响了，咖啡馆的店员在东面的小广场和纺织路上都摆放了烟花。万众瞩目的烟花雨即将来临。

现场的人群中，不知是谁大声喊起了“10、9、8、7……”其他人也跟着喊了起来，就在大家数到“0”的时候，欢呼声、爆竹声同时响起。很多人拥抱在了一起，拍照纪念这一美好时刻。

“小蔓，都这么晚了，他们还不回家吗？”

“小藤，我们这里已经有多少年没有像今天这么热闹了呀！就让他们再多陪陪我们吧！”

春 节

跨年夜的余温还在，转眼间又到了春节。

文创园的入口处已经搭起了“龙”门，园区的树枝上都早早挂满了大小不一的红灯笼，北广场上还布置了二三十个市集摊位，售卖相关的文创产品。

在搞活动的那几天，来到现场的人都可以通过参加翰墨迎春、风雅投壶、福龙套圈、招财进宝等互动游戏，领取金额不等的兑换券红包。书吧和南面围墙之间的过道也被临时装扮成了“祈福巷”。

夜幕降临，园区内的灯光渐渐亮起来，那一盏盏小龙灯光彩夺目。

在文创园南区的草坪上，篝火已经点燃，围炉煮茶的朋友们不约而同地坐在了一起。草坪上

早早搭好的帐篷既是现场氛围的点缀，也是城市露营爱好者的栖身之所。

户外的几十把椅子也早早有人坐下，他们个个翘首以盼，民谣乐队的表演是这段时间夜间活动的重头戏之一。虽然现场表演的不是什么知名乐队，但是演唱的歌曲都是耳熟能详的。

“真希望以后园区的每一天都能像今天这般，有这么多人齐聚一堂，有好看的、有好闻的，还有好听的。”

看到小蔓在自言自语，我不禁好奇地问：“小蔓，你在嘀咕什么呀？”

“呵呵，就不告诉你，打铁花就要开始了，我们快去看看吧！”晚上的另一个重头戏就是打铁花表演。

“小蔓，这打铁花真是太好看了，比元旦那天咖啡馆放的烟花还要好看。”

元宵节

正月十五这天，园区又搞起了庆元宵活动，同样是人山人海、熙熙攘攘。

海明餐厅的汤圆，书吧的趣猜灯谜、创意DIY活动，还有146艺术空间展出的新春雅集，配以古琴表演，更有随处可见的花灯，整个园区充满了节日的氛围。

因为提前就有预告，当天又有工作人员精心细致的组织引导，活动现场井然有序。该吃的吃，该玩的玩，该猜的猜，该互动的互动，大家各取所需。

因为上一次的打铁花表演精彩纷呈，大家无不惦记并期待能再看一场。

正月十五当晚，大家果真如愿了。不仅园区内的广场上站满了人，两侧房屋的过道上、楼梯上也挤满了人。

黑夜中，一团团炽热的光线从表演者手中喷薄而出，像火山喷发般壮丽。火花四溅，犹如繁星点点，瞬间就照亮了园区的夜空。每一次的击打，都像是一首激昂的交响乐，在寂静的夜空回荡。

它们在空中散开，又好比一幅幅美妙的画卷，展示着表演者的技艺和激情。每一朵铁花都仿佛承载着他们的力量和梦想，照亮了现场所有观众炽热的内心。观众又一次被眼前的景象所震撼。

随着最后一次敲击，铁花停止了飞舞，火焰也渐渐平息，现场响起经久不息的掌声。

“小藤，我真的太开心了，没想到这么快又一次看到了打铁花，我太激动了。”

“园区的这帮小伙伴真是太善解人意了。”

“是啊，真是开心，你不要影响我，我要自

己再好好回味回味！”小蔓刚一说完，转身就跑到角落去了。

玻璃房

园区入口处接待中心的二楼是一个全新的玻璃房，全国联合毕业设计组委会的临时办公场所就设在这里，这些工作人员大多是东华大学的在读硕士、博士。她们几个一直忙碌到过年前的几天才回家，刚过完元宵节，就赶回来了。

这些人当中有一个博士生小张，硕士研究生毕业于中国人民大学，后来又继续到东华大学攻读博士学位。她的导师正是全国联合毕业设计行动的发起人之一。

她的导师认为，学生的毕业论文就应该来源于实践，实践方能出真知，把论文作为一个项目去研究，也可以让学生在迈入社会之前有个适应期。他提出要让每一个设计专业的毕业生将"论文写在大地、设计做在城乡"。

小张早在5年前就来过宁海，这期间她跑遍了当地的乡村。

可能是时间紧迫，小张一回到“大本营”，没有去宿舍把窗户打开通通风，而是直接拎着行李箱进了玻璃房就开始埋头干活。

“联合毕业设计”是宁海与全国各大高校开展的毕业设计创新实践。以“论文写在大地、设计做在城乡”为核心理念，向全国高校学子发出邀请，打造全国首个毕业设计之城。

在2024全国联合毕业设计行动中，宁海县城投集团、县文旅集团、一市镇、前童镇、西店镇围绕文旅开发、艺术乡建、城镇更新、产业升级等四大类命题，开出了一系列选题。

“小张，春节刚过，你就回来啦？在忙什么呢？”员区的一个工作人员看到风风火火的小张问道。

“时间来不及了，马上要准备开春路演，四

个板块分块要搞一个转场，还要尽快确定可以落地的项目；毕业设计基地的方案也要抓紧深化，我现在是恨不得把一天当两天用啊！”

摄影大赛

霞客马拉松，自在宁海城！2024宁海马拉松如期举行。比赛当天，上万名选手以宁海西门城楼为起点，穿过桃源路、天明中路、兴海路等城市主干道，途经众多地标景点。

同时，还举办了摄影大赛，征集与本次马拉松相关的原创摄影作品。这些入围的摄影作品便在“来IN南”展出。

“小蔓，这次摄影大赛的成果已经展出了，听说把书店周边的空间都利用起来了，照片是密密麻麻的呢！大家真是热情高涨啊！”

“可不是嘛，这次是首届宁海马拉松，大家期盼已久，自然都不想错过，我们也去看看吧！”

“小藤，你看，照片中运动员们那矫健的身

姿，那欢快的笑容，还有那不服输的劲头，让我都热血沸腾了。”

“可不是嘛！小蔓，我还看到了很多城市景色，甚至是街边小吃的照片，好有生活气息。这届马拉松太有意思了，相信来年肯定更加精彩。”

“听说这次的摄影大赛也以‘霞客马拉松，自在宁海城’为主题，共收到了150余名摄影师的1700余幅参赛作品，内容涵盖运动员风采、感

人瞬间、赛事花絮、赛场沿途风光和城市建设成就等多个主题，共评选出了一二三等奖和优秀奖68个。”小蔓如数家珍。

微短剧

“小蔓，你听说了吗？有人要来咱们园区拍电影了，不知道我们有没有机会露个脸？”

“真的吗？那这里不是要更红了吗？”

“但听说这次是拍微短剧，投资不会太大，估计影响力也没那么大。”

“话可不能这么讲，凡事总有第一步，我们‘来IN南’也的的确确需要这样的元素。再说了，咱俩每天在这里守着，说不定什么时候就入镜了。”

“对，我也是这么想的。你注意到这几天有很多家长带着孩子来园区吗？他们就是来试镜的。”

“哦，原来如此，之前我还纳闷，这几天茶空间总是灯火通明，有不少家长带着孩子进进出出，原来是来试镜的，那这部微短剧应该是和孩子相关的吧？”

“没错，片名好像暂定为《天降萌宝》，不知道哪个小朋友能入选，让我们拭目以待吧！”

市集

“小藤，园区的小伙伴们好像又在谋划什么大事了，看现在的架势，有一点去年5·20的味道，应该是要搞市集，不知道这次有多大的规模？”小蔓说道。

“我也注意到了，这次的摊位好像都是统一设置的，都有‘来IN南’的标识，大小不一。听说这次的市集要持续到10月底，不时还会有乐队驻场表演。”

小蔓紧接着说道：“真的吗？那太好了，我最喜欢人山人海的感觉了！”

“小藤，你有没有闻到什么异味？好像是什么东西烤焦了。”小蔓又问我。

“好像是有点，八成是哪户人家把早饭烧焦了。不会又是园区南面的那个叶大伯吧，他之前

就有过一回。”我刚一说完，就伸长了脖子望向叶大伯家。

“小蔓，果然是叶大伯，他煮粽子，锅里的水都烧没了，连包粽叶的绳子都烤断了。”

“煮粽变烤粽，考中，这种新式做法，说不定还真能出圈呢！”小蔓笑着说道。

“小蔓，你看，园区入口处已经搭起了门头，写着‘城南晚风集’，这创意真不错，就是不知道效果怎么样。好期待啊！”

人山人海

“不是吧，这么多人，咱们南门有这么多人吗？这都是在干吗呀？这么多人排长队。”家住园区南面的叶大伯过来了。

“真是奇怪，这里怎么吸引了这么多人来？我觉得这些东西也没那么好吃呀！”园区西侧围墙外的李大爷也来了。

叶大伯和李大爷二人随着拥挤的人流，一个摊位一个摊位地挤了过去，除了老南门那个鸡蛋饼外，其他的他俩是听都没听过，但这些新鲜玩意儿却是叫好又叫座。

“小藤，你有没有注意到，叶大伯和李大爷都好开心，和现场的这些小伙子小姑娘们没有半点生分，好像这里是他们的主场一样。”

小蔓说完，我便笑着说：“是呀！他们是

南门片的老人了，见证了这一带曾经的辉煌，他们对这里的一砖一瓦都充满了感情。如今城南复兴，他们别提多开心了。”

接着，我又说道：“小蔓，你看这晚风集有吃的，有喝的，还有好玩的，这里真是太舒服了！”

“要说最开心的还是这些摊主们，个个乐得合不拢嘴，恨不得手脚并用。听说有些摊主一天的营业额都快要超过以往一个礼拜的了。”小蔓说道。

跳蚤市场

跳蚤市场是欧美等西方国家对旧货市场的别称。如今，国内很多中小学，特别是在读书月，都会组织学生在学校里摆摊卖自己的旧书，这样既能培养孩子爱惜书本的品德，又能培养孩子多读书多看书的好习惯。还有不少大学在每年的毕业季都会组织跳蚤市场，让毕业生将旧书、学习用品、生活用品等转让给学弟学妹。

“来IN南”的跳蚤市场是第一次尝试。园区拿出了靠近市集东侧的一小块地方，铺上人工草坪，四周还用塑料围栏围了起来。小朋友须在大人的陪伴下才能进入，跳蚤市场全程只能用虚拟纸币交易。

很多小朋友把不需要的旧书和玩具放到跳蚤市场上卖，然后用卖东西的所得到其他摊位购买自己心仪的商品。

如此一来，既给小朋友提供了与外界交流的机会，也让他们对商品交易有了初步的认识。

园区第一期的跳蚤市场大获成功，很多家长希望这个活动能常态化。园区早早作出了回应，

为了不受天气影响，将场地移至书店二楼，天气允许时，则室内和室外联动，搞一些主题活动，让跳蚤市场更有新鲜感和生命力。

台 风

“小蔓，听说有台风要来了，这几天的集市也暂停了，咱俩也找个位置避避风雨吧！”我有些担忧。

“这有什么好担心的，我们在这个园区扎根几十年，什么大风大雨没见过。不要怕，我保护你！”小蔓信心十足。

在小蔓看来，因为台风而休市也是再正常不过的事情了，前不久的几次短时间的强降雨就把一些摊位吹得七零八落，真来了台风，本身摆摊就不安全，也不会有人来光顾。最让小蔓和园区的小伙伴们放心不下的，还是园区东面的那一排老房子，里面住的绝大多数是原先棉纺厂的员工们。园区的地势要高于老房子，一旦园区有积水，就会流向老房子一侧。

在相关部门的带领下，小伙伴们先是将园区的下水道作了疏通，然后又购置了挡板和沙包，还在园区东侧的开口处筑起了拦截工事，以备不时之需。他们个个挥汗如雨，让小蔓和我看了好生感动。

“小藤，我们是幸运的，是他们给了园区、给了我们第二次生命，让我们的生活如此精彩。”小蔓忍不住感慨道。

“是的，我也这么觉得，不经历风雨怎么见彩虹，再大的风雨，只要大家心连心，都会迎刃而解！”

未完待续

是时候和大家说再见了，下次再见一定是“来IN南”又有了新故事。

“小蔓，我们要和大家说再见了。”我依依不舍。

小蔓安慰我道：“生活继续，园区精彩继续，我们要坚持收集园区的故事，等再见面时讲给大家听。”

“好！我们一起见证了‘来IN南’的创立，让我们再一起见证它的辉煌吧！”我开心地说道。

“可以想象，‘来IN南’的将来一定会越来越好，园区商家的生意会越来越好，园区小伙伴们的工作和生活也会越来越好，一定会有越来越多的精彩故事在这里上演。”小蔓说道。

后　记

2022年10月6日，这一天对于本人来说，是个具有特殊意义的日子，刚好也是本人42周岁的生日。

那一天，“来IN南”互联网文创园开始亮相，搞了第一次互动活动。当天，应邀前来和闻讯而来的朋友不少，安排的节目也很丰富。

活动一直从下午持续到了晚上，在简短的开场白后，就是在场所有人的开心时刻，啤酒、咖啡、汉堡、烧烤、小龙虾，都是时下年轻人最喜欢的。

看着一张张青春的脸庞，听着一阵阵欢声笑语，以及大家对“来IN南”将来的展望和美好期待……作为主要参与者之一，本人当时就萌生了记录下这里接下来将发生的一切的想法。

也是因为有了《家长里短》等作品的创作经验，本人觉得有必要把“来IN南”的“蝶变”过程创作整理成一部文稿。至于在主人翁的选择上，也是充分考虑到“来IN南”的前世今生，最终将园区内的藤蔓从幕后搬到了台前，用对话的方式来讲述“来IN南”背后的故事。

之所以取名《存在》，是希望通过一个个小故事，告知大家不要小瞧任何一个生命力与生俱来的顽强，以及坚持和拼搏的可贵。

没有惊心动魄、石破天惊，没有感人肺腑、催人泪下。我就是喜欢用平和的口吻来讲述真实的生活，在文中也没有用大起大落和跌宕起伏的表述来博取眼球。可能对于广大读者来说，它少了一点精彩，或是很难产生共鸣，但这正是我所想要表达的，人生不一定非要大起大落，平平淡淡才是真。

波澜不惊的生活同样可以让人有获得感和幸福感，一部作品也是如此，读起来虽然平淡，但字里行间流露的都是真情实感。

叶亦健

2024年8月